橡《つるばみ》と《と》石垣《いしがき》

大辻隆弘

歌集

＊目次

I

装本・倉本　修

歌集

椽と石垣

つるばみといしがき

I

冬野

うつくしき冬野が右の頬を刷き列車は木津の
駅に近づく

もう雪になるのは確か泥《ひぢ》を踏むくらい蹄を思
ひてをれば

けさ庭をよぎりし雪よ、洗ひ場の束子《たはし》の毳《けば》の
うへに積りて

フランス装のうすき表紙は反りやすくパラフィンがあさの指に貼りつく

木々に降る雪を見てゐた　さみどりのクリアファイルを持つ手のむかう

北向きの廊下に椅子は積まれをり脚やはらかく組みあはされて

樹のごときひとのひとりを思ひをりけさ美しき鳥を見しゆゑ

まだ残る午後のひかりは岸に敷くわづかなる
藁をあたためてをり

湯川遥菜　二〇一五・一・二五

確定を細心に避けきさらぎのあしたに届くいちにんの死は

いちにんの処刑を聞きてあかつきの寒によど
める階を下りゆく

国といふ呼称を避けてひそやかにＩＳＩＬ《アイシル》と
よぶ凍ゆるこゑに

報復のために生かされたるひとり報復のため
に処刑されたり

何をしてもうまくゆかざるまま逝きし湯川正
行さんを悲しぶ

女性名「遥菜」にかへて再びをいかなる生を
いきむとぞせし

ご迷惑をおかけしました、と詫びてゐき父親
は訃のとどきたる朝に

痛きまで冴ゆるこころを抱きつつひとりを憂ひ一人を蔑《なみ》す

悼まるるなく逝きにけむ人ひとりかく澄みわたる昼におもふも

蘇芳

春の日にこほしく読みぬひそやかに自家生殖
をする草のこと

ゆるき坂登りゆくときほの見えて犬の腋はだ
いろにけぶらふ

巨犬《おほいぬ》の眉間にやはき窪ありて智慧なるものの
灯れるらしき

糞《まり》を痢《ひ》る直前にかくをろをろと土をまさぐる
夕べの犬は

草のうへにひらきて置かれたる指が草にしづ
かに沈みゆくまで

白藤の花の表裏にふれながら曇り日のしたに
蜂は音する

けふわれはよるの蘇芳のくれなゐの暗々《あんあん》とせ
る下を帰り来

長崎

長崎に発たむあしたに『つゆじも』の文庫を
探す本を崩して

いくたびか主翼が西日隠したり大村に着くまでの一時間

雲を切る旅客機に向け「墜ちよ」とぞ呪ひを吐きし竹山広

赤迫《あかさこ》にむかふ市電に乗りかへて島田幸典無口
になりぬ

浦上はわかき昼よりふる雨の蕭条としてはや
くやみたり

痛めたる腰に右手をあてがひて大口玲子壇に
のぼりぬ

このひとの避難を幾度批判せし或る時は歌の
かたちを借りて

恩寵は神より享けよ、といふ詩句に胸の裂けたる日々を語れり

ビン・ラディンを竹山広が謳《うた》ふとき聖《ひじり》のごとくひとは讃へき

傍観をしたる者らに恐ろしき死は来たらむと
彼は言ひにき

爆心地のタイルの上を歩みゆく裸足の鳩は上
滑りして

下《しも》の川の水のよどめる辺に降りて眼を閉ぢて
みぬ義務のごとくに

薄々と白き木槿の咲くしたたに踵《きびす》を返す汗あえ
たれば

マクドナルド北白川店

コーヒーを手のひらに包みのぼり来ぬマクドナルド北白川店の階上

踊り場の窓に広がりたるみどり見下ろすとき
にわれは鼯《むささび》

みどり濃き公孫樹とうすき槻の葉とゆれあふ
窓とおもひ近づく

やや硬くなりたる夏の一枚がひるがへりをり
公孫樹の幹に

疾風に胸を圧されて自転車を漕ぎなづみゐる
女学生ひとり

オーボエのイントロがふいに流れきてこの曲
はああああれだ、とおもふ

「そよ風の誘惑」といふ邦題をおもひいだせ
り曲のなかばに

あの夏の水のおもてに開かれてオリビア・ニ
ュートン・ジョンの唇

潤滑油切れたるやうに啼きやみぬ白川通ひぐ
らしのころ

八月はわが生まれづき処暑といふさびしき時
をそつと挾みて

歔欷

曇りたるこゑを十《とを》ほどころがして山鳩は朝の
雨とともだち

手のひらに顔を覆へり手のひらは顔を覆ふに
ちやうどよき幅

いちじくのかたへはひどく生ぐさく職場に向
かふわれはかなしむ

太枝の腋より実るいちじくを薄気味わろしと
までは言はねど

無花果は死屍のにほひと聞きしかど死屍とい
ふいまだ嗅ぎしことなし

本当の屍臭といふを知らぬままわがひとつ生《よ》
のおほよそは過ぐ

秋の日に『城の崎にて』を読むこゑはきびき
びとして窓辺に聞こゆ

死はしづか、だが静寂に至るまで悶えもだえてゆくにやあらむ

ぶよぶよに膨るるままに川下へ流れゆく骸《むくろ》あれがわたしだ

鰺を焼くうたを添削してをりぬ妻を亡くせし
人に替りて

詳細を告ぐれば礼《ゐや》をひとつ告げそののちに歔
欷が聞こえきたりぬ

わがむすめ身も世もあらぬ恋をして深川門前
仲町の秋

恋をする子が帰りきてしづしづと仕まひゐし
皿を捨て始めたり

年寄りがこぞりて朽ちてゆく家とさびしむら
しも帰り来たりて

エマニュエル・バッハ或いはベルリンのバッハ
ハとも呼ばれ大バッハの次男

われに子の二人ありけむことすらも遊びのごとし過ぎて思へば

ヴァルデス

川底にちひさき石を敷くらしく水きらめける
深《しん》秋《しう》の河

なほ残る勤め三年《みとせ》といふことば『母恋』のなかにありき思ほゆ

かすかなる湿りを帯びて伸びる線、羽衣印のチョークを愛す

廃業をするとし聞けば惜しまれて今日のチョークを木箱に入れぬ

木の箱にチョークがかろく鳴る音を聞きてあゆみき力ある日は

サックスは鈍きひかりとして置かるいまだあたたかき椅子の平《たひら》に

籐の背の椅子が置かれてゐた記憶いつかだれかが引くのを待つて

飼ひ主をかばはむとして轢かれたる盲導犬ヴァルデスといふ犬

カーディガンの袖を手の甲までのばしやがて来む冬の日々を待ちをり

デブリ

あんたよう橋下徹に似とんなあとかつて唐突に言はれし日あり

丸顔の童顔がたぶん似てゐむとおもほゆれど
も憮然としたり

激昂をすればするほど冴えわたる罵詈雑言も
さながらにわれ

ヴァイマルの後にナチスの興《おこ》れるを思ひおこ
しぬ喩ふともなく

Natürlich! 群集はかく叫びきと旧記は伝ふナチ
スの初期を

親ゆびを地にさしおろし民衆は「殺せ」と喚《をめ》きたれば殺しき

はなやかに衆愚政治を讃へたり衆愚は彼の源泉《オリジン》なれば

敗れたる者の陶酔がにほふ頃むらむらとして
われは唾棄せり

平凡なる感慨なれど民衆は見棄つる迅《はや》し衰ふ
る者に

焼け落ちしのちも厄介きはまりなき燃料デブリのごときかわれは

錆朱

青鷺のつばさの色が雲に融けしづかに冬は至らむとする

『思川の岸辺』を読みてさしぐみぬ今朝また
砂糖パンの四首に

翡翠《かはせみ》に逢ふ日あはぬ日さだめなくけさは往路
の岸に逢ひたり

くちばしの尖のあたりが金《かな》びかりすらむと見れば魚《いを》を銜へゐつ

川べりを歩みつつ読む歌のうへに雨粒は落ち雨となりたり

パク・クネの名に槿《あさがほ》といふ文字のひとつはありて寂しむわれは

父と母を殺害されて暗澹はあまやかに人を倚《よ》らしめにけむ

素粒子に六つの香りありといふその香のなかの若草と苔

装ひし錆《さび》朱《しゅ》といへる帯のいろ雨の過ぎゆく夜半におもへば

眼圧の下がらぬことをさびしみて言ひゐしが
ひとは眠りてゆきぬ

練色

巨犬《おほいぬ》の縄に引かれてくだりゆく枇杷の木の立つちひさな渓に

枇杷の葉の葉脈肋《ろく》のごとく顕ちわがあれてよ
り今日二万日

谷崎の『鍵』を読みつつ数Ⅲの試験監督けさ
はしてをり

閨房の技を尽くしていちにんのひとを緊縛せむとする話

樹々の間に見えざる風のあるらしく縺るるごとく降るけさの雪

いつしらに煉瓦を濡らしゐし雪は午前を過ぎ
て積もりはじめぬ

ストーブの筒の内部に火はありて火に濯《あら》はる
る国あるごとし

わがながき睫毛を褒めてくださりし叔母ひとりあり冬に逝きにき

蠟梅は曝《さ》れたるのちのときながくけふ練《ねり》色《いろ》となりて了んぬ

レオナール・フジタ

パリのひとリュシー・バドゥーを薔薇いろの
雪と名づけて描かむとしき

まるで雪、それも曙光のくれなゐに照らされ
てほの明るむやうな

むしろ裸体は沈むがごとく描かれて白布の襞
のうへに置かれぬ

やや緩む肉置《ししお》きはかく波打ちてそのうへに翳
はあはく刷かれつ

筆触の翳りがよぎりゆるやかに描き出されぬ
をみなの窪は

ミュレの駅、しかもナチスの占領下朽ちたる
色に塗りつぶされて

くらい坂、右がはに深い切岸がゑぐれるごと
く地肌を見せて

アッツ島玉砕の図はほのぐらく赤らみて部屋
の壁面に立つ

米兵が指を嚙みちぎりゐる背後うすく汚れし
雪渓が見ゆ

むしろ作意は国威を超えて騒《さや》ぎけむ筆触は粗
くときに掠れて

湿布

お宅とはウインウインで、といふこゑす廉恥
を超えむばかりに卑し

先生をするのが好きで好きでたまらない若きらを憂しとまでは言はねど

人あらぬ廊下の果てに扉《と》が鳴りてぐわおーんわーんといふ音がする

教へ子と呼ぶとき滲む陶酔を厭ひいとひてわれは老いづく

肌色に丸められたる湿布など捨てられてをり部室の裏は

理科棟へ向かふ廊下にさみどりに揺れゐる窓
をわが領とせり

菫の花ちぎれば菫の匂ひしてゆくりなくての
ひらは草原《くさはら》

草花のとりわけ蘭の花などの歌さびしくて吉

田正俊

渋江抽斎

まなざしは遠くおよびて朝ぞらの青へめり込
みゆく塔がある

輝きは日を限れりといふことの朴の花しろき
ままに朽ちゆく

朴の蘂軸ごと落ちて焼け焦げしもののごとく
に転がりてをり

うつつかく深まる昼はいぶせさのわだかまる
場所、見ずてか過ぎむ

緑帯の『渋江抽斎』一冊を鞄の底の闇ゆひき
だす

ひと月をかけて読みゆく鷗外の細叙の筆致な
かば飽きつつ

遅れたる妻のひとりに翳《かざし》といふ名を持つをみ
なありてしづけし

夭《わかじに》をしたるあまたの子がありてなかんづく寂し四男幻香

死はかくも即物的に描かれて記載されたる「絶息」の一語

蒼古たる実相観入といふことばその原典を質されてをり

新カント派あたりがあるいは出処《でどこ》かもしれないと応ふ朽木さんの問ひに

象　徴　二〇一六・八・八

カメラ・オブスキュラに夏の雲うかび象徴天
皇制が爛けゆく

原稿をしづかに卓のうへに置きおもむろに人は語りはじめぬ

天皇が「個人として」と言へるときわれらしづかに身がまへをせり

「残された家族」といへるひとつことば粛々
としてわが胸に沁む

一個人たり得ぬひとは語りをりその命終を一
般化して

贖罪としての一生《ひとよ》を受容して過ぐしししひとを
われは見てをり

老いゆるび給へる頬はわが父にかよひて一つ
年下の陛下

冷ややけき床のおもてに膝を折り手を延べまししことも偲はゆ

象徴といふ観念を具体して生きむとしたるひとり老いゆく

秋の火事

ポンニット・キットヨーテンなどといふ名前
をおもふ秋あかるくて

あさかげのなかかを飛ぶとき陽に透けて鷺の腕《かひな》の骨は見えたり

翼あるものの猜疑はうつくしう翳れるならむ草の狭間に

秋風に電動アシスト自転車はすんすんとゆき
草なども踏む

秋の陽にかがやく石を切りいだし陽の差す方《かた》
に積みあげてゆく

草の種子つけて帰りし犬の背にみどりの音符
つらなるごとし

秋の火事、梁燃え落ちてゆくまでを足首冷え
てわれは見てゐつ

燃え落ちてゆく尖塔が曳く炎さながらわれを
曝すごとくに

毀《こぼ》ち屋といふものがきて壁土の土の匂ひをほ
どきはじめぬ

胡桃より胡桃油《あぶら》を採るはなし火の辺に聞きて
まどろまむとす

草紅葉するまでにまだ間がありてやはらかく
足踏み入れてゆく

伊香保

遠く来て恋ふるこころは伊香保呂の谿のまが
ひに深ごもる雲

いただきにしづかに展くみづうみの榛名はるけくみだるるひとよ

山々の襞くらみゆくまひるまの耐へがたければひとを呼びつも

遠じろく苗場は見えてその向かうあなたと行つた高志がひろがる

大滝の滾ちのどよみ真下より耳にきこえて谿をくだり来ぬ

秋霖にはだへ濡るらむ羚羊《かもしか》はこの谿あひのいづくを渡る

滑らかになりたるかひな引きよせて雨の音する湯に沈みをり

かつがつに秘めおほしたる過ぎゆきを秘めよ
と告げぬすべもあらずて

冬の海のかがやきを背にほほゑみぬあのとき
を永遠と呼ぶなら

しづかなる馬の歯嚙みを聞きゐしが毛並みを
撫でてやることもなし

日の名残り

日の名残りいまだあざらけき時に来て胡桃の
麺麭《パン》を裂きてゐたりき

月光に横たはりたる滑《なめ》石《いし》のひとひらがいま神
話的なぬめり

そこはもうひどい闇だが水仙の立ちゐる影に
踏みこんでゆく

はてしなく長き小説《ノベル》のなかをゆくやうだ夜明
けの夢のなかばは

川の曲《たを》しづかに翳りゐるところ鳥の目ざむる
まへに来たれば

曳き舟を舫《もや》ふロープは毛羽だちて水の面《つら》すれすれに撓みぬ

あわたたしく舟の腹打つ波の音あげくのはてはこのざまである

「あり得たかも知れぬ人生」などはない八つ手の花がなまじろく咲く

命終の極まりにして復党を願ひいでたり與謝野馨は

自民党党員として死にたしと冀《こひねが》ひけむその思
ひあはれ

声うしなひし與謝野馨をおもふとき最期まで
こゑ残さむとせし春日井建さん

春日井さんの家にて歌を詠みあひし水谷M子
さんもはや亡き

演劇部

部員らとひとつ芝居を作りをりあかつき寒き
わが夢にして

大道具の仕掛けいろいろ工夫して楽しきがごとしわれは若くて

演劇部顧問をしたる八年に楽しかりしことの五つ六つあり

県大会のまへに島田が脚を折りをろをろとしたり夢のなかのわれは

平田オリザ流行りはじめし頃にして平田オリザ的静寂を強ひたり

思ふがままわが演出の冴えわたり北村想の劇をしあげつ

「悪魔のゐるクリスマス」とふ劇のなかの月の砂漠といふひとつ歌

みづからが作りし劇に涙して舞台の袖のくらがりにをり

旅夜書懐

かきくらし降りくる雨に　校庭に水漬《つ》く真昼　教室の窓辺に寄りて読み進むひとつ杜甫の詩　齢《よはひ》はや爛けぬる秋を　産を破り　こころ砕きて　わくらばの棚《たな》無し小舟　さまよへる旅の夜のうた

そよ風のなびく岸辺に　帆柱の軋む聞きつつ　ひとりのみ醒めつつわれは　敗れ来しこころを歌ふ　天《そら》ひろく銀河は垂れて　みづの面《も》にたゆ

たふひかり　月皓《しろ》くひかりを曳きて　長江は涯なく流る　こころざし一つ成す無く　日に夜々に身は衰へぬ　縹渺と旅をゆくわが身　喩ふれば何にし似るか　天と地のあはひうつろふ　羽根しろき一羽の鷗
かく読みて　かく説きゆきて　わが声はふいに途切れつ　われもまた一羽の鷗　尾羽うち濡れて

反歌

たちまちに雨の浮きくるグランドを見おろしてをり既に倦みつつ

平成じぶん歌

教職のはじめの春に音もなく花のながれてゆく窓を見き

パヴェーゼの記ししごとく美しき夏がありたりわれら二人に

ぐづぐづとなりし職場の闘争に元号拒否といふひとつあり

しらじらと乾ける骨を拾ひをり脚を拾へと言へば拾ひて

恋ひとつかたむく秋に北辺の雁《かり》来《き》といへる街を過ぎたり

若き日にひとつ失くしし腎《むらと》あり人に告げざる
ままに過ぎにき

腎《じん》切りて臥したる朝に「七人の侍」に降る雨
を見てをり

瘦身の宮口精二ひえびえと篠つく雨のなかを
斬りゐき

処刑　二〇一八・七・二六

冷ややけき乳に浸せるグラノーラ噛みしめてけさの朝食を終ふ

十二人の使徒らが殉死するさまを麦嚙みしむるままに聞くのみ

生き延ぶる者とせざるを選り分くる暗きちからはいづくより来し

殺さしむるために生かしめたる一人民意によりて縊《くび》らむとせり

「見せしめ」を「見しめよ」に換へ死刑囚を悲しむ歌をわれは採りたり

十《とを》あまり三たりのひとを縊りしも平成を終らしめむことのひとつ

平成は平成においてあがなへといふ声はして縊らしめたり

皇統

わが壮《さう》のおほよそを占むる平成は寒き小雨に
終らむとせり

象徴のおつとめといふ御務めにいそしみ尽くし老い給ひにき

象徴は務めではない、具体的存在にしてそを生きしひと

皇嗣様が八十歳にならむ秋しづかに滅ぶ皇統がある

ひろのみや沈透《しづ》くがごとくあやのみや漾《ただよ》ふがごとくありし昭和は

皇室は短歌《うた》の強味であることをわれは書きたりはつか怯えて

天皇を鳴咽せしめし感情を推しはかりつつ涙してをり

すみやかに柿の若葉のあかるさの濁らむとして令和はじまる

米国大統領来日

天皇と天皇に身体二倍なるドナルド・トランプ歩みゆく様

雁《かりがね》のかりそめごととおもふまで曖々とわが平
成過ぎぬ

II

鳩　兵

フィリー・ジョー・ジョーンズが打つリムの
音しんと乾きて冬は来むかふ

軽トラのフォルムは美的、背後から射し込む
水のひかりに立ちて

蠟梅のうすらにひらく陽だまりを曲がりて浅
き谿におりゆく

冷ややけき濁りのなかに泥《ひぢ》を吸ふ二月の鯉は
くちびるしろし

ひとすぢのましろき糞《まり》を川の面に曳きつつお
ほき鵜は飛びたてり

吉川宏志三十代の歌を読むあこがれのごとく
死を歌ひをり

皇軍に鳩《きう》兵《へい》といふものあり鳩を飼ひ鳩を放て
るしごと

将棋の差し手にゴキゲン中飛車といふものあり
ゴキゲン中飛車に敗れし渡辺

擦過してチェロの虚ろを鳴らしたる弓ともおもふ
或る日のわれは

リア王のごとく寂しき晩年といふものがあり
われは虔《つつし》む

電蓄に「カラスの赤ちやん」を聞いてゐきわ
がひとつ生《よ》のかなしみの創《はじ》め

銀鼠

たかひろ、と階下より父の声はしてわれは目
ざめつ寒の夜明けに

不意打ちといふことがありけさ父は声として
わが頰を打ちたり

信楽を木津へと抜けてゆく道に父が好みし冬
の森あり

助手席に冬木の色を愛でてゐし父ありてその
後《ご》二年半の命

エヴィアンの水の向かうをきさらぎの街が横
ぎるひかりに濡れて

本を読むために出かける旅ありて深き曇りの
午後を埋めつ

内傾を深めておほき弧に沿ひぬ木曽三川《さんせん》に向
かふ列車は

きさらぎの空ゆはららぎひとときをためらふ
ごとく石に着く雪

やや遅く地に着く雪を見てをりぬオアシス21
の広場に

サークルKどんどん滅ぶ街上に二月の雪は積もりはじめぬ

中日ビル五階の窓に銀鼠《ぎんねず》に閉ざされてゆく街を見てゐる

呼《よび》続《つぎ》といふ夕闇の駅ひとつよぎりしこともま
どろみのなか

佐藤歯科にて

一瞬に見てしまひたり歯科医にて椅子倒さるるときの曇天

きぞに見し塩湖の白の残像を呼びかへさむと
眼を閉ぢてゐる

レーザーに歯肉を焼かれゆくときにかく香ば
しく匂ひは届く

かかることを吾かつて聞けり、逝くものは余
喘を保ちゐる間に臭し

歯を接いでゆくには金がいいと言ふ金はやは
らかい金属なので

白銀の歯冠は舌にひややかになめらかに触《ふ》る
昼過ぎてより

コビット

「杉はもうそろそろ終り」と言ふこゑがマスクの底の息ゆ漏れ来ぬ

鳥の影空にうかべて風の日は樟の木たちの綺
麗なそよぎ

生物か否かおぼめく境界にただよふごとし
virusといふは

休校と明日よりなりて椎たちや樟たちの領、
校舎の裏は

四照花の浮かむ浮かまぬ窓ありて空き教室に
鍵かけてゆく

中庭を覗けるときに枇杷の実は点描されしごとく葉の間《あひ》

あれはいつの試験監督しんしんと枇杷の木に降る雪を見てゐつ

鳴くこゑの群れを外れて夕空をひたくだりくる一羽ありたり

さながらに曇りとなれる空のした夕つばめ飛ぶ羽根を収めて

ゆくりなく水にくだりて水の面につかのま濡れし燕の腹は

新しき眼鏡をひとつあつらへて待ちゐる楽し二日がほどを

夏の薔薇

くれなゐの夏の薔薇《さうび》を剪ることも朝ふる雨の
けぶらへるなか

「中日の松崎です」といふ声はしてそののち
に訃を告げられてゐつ

報道に遅れてぞ知るくやしさに昨日逝きたり
といふ岡井さん

岡井さんを師と呼ばむとき滲み来る自恃のごときをわれは疎みぬ

紫陽花の隘路をとほくゆくひとを夢のをはりにわれは見てゐし

橡

しづかにて目蔭《まかげ》して見る景のなか胡桃は咲けりそのみどりの房

真夏日の谿の底より聞こえきてタイヤが砂利を踏みつぶす音

合歓の花ふと圧しさげてゐる風が陽の翳りたる谿へおりゆく

谿におりれば少しは風があるらしい百日紅こずゑこずゑに揺れて

陽のなかにふたつ並びし墓石の幻花童女、心月道空童子

鈍よりも濃き橡《つるばみ》のいろの夜がわが窓のかたはらにおぼめく

アンゲリク・ケルバーといふ美しきをみな苦しむさまも見たりき

浚渫

背もたれに昼のねむりの浅かりし身を委ねたりたれもたれも来るな

語りつつ怒りに凝りてゆくものを受話器の底
のこゑに聞きをり

毛羽だてる鹿の蹄をみづの辺に沈めて来よと
あなたは言つた

『死の棘』に狂れゆく人を読みてをり身を削がれゆくごときおもひに

僧院のごとく翳らふ部屋にして赦しを乞ひぬわれは額づきて

わがまへに翳《かざ》せる陰《ほと》に陰毛のひとすぢ白きま
じらふあはれ

秋に書く春の追憶そがなかに君はさびしき浚
渫をして

あなたはいふ、時のかさねがしづかなる重み
にかはるその時を待てと

草紅葉のくれなゐ錆びて十月の終りはとほき
しろがねの岸

フローラ・プリムの若き声して目つむれば眠りはまぢか、そこまではゆく

声ひくく啼く透明な馬ひとつ飼はむとぞおもふ今朝のこころに

アルジャントゥイユ

秋の効果、アルジャントゥイユといふ題がつ
けられてゐて黄の色しづか

ジャン・バルジャンが襤褸《ぼろ》着る子より奪ひたる銀貨四十スーはいかほど

地に落ちて小さき十字の花と知る金木犀の花のつぶつぶ

駅裏のアンダーパスを潜りたり秋の陽射しに
圧しさげられて

唐突に窓が日陰となる部屋にディケンズを読
むなかば飽きつつ

テムズ河下流の霧に埋もれゆく十九世紀の葦
をおもへり

ツンデレのエステラが来て「泣きなさいよ、
泣きたいくせに」と言ひて去りたり

いにしへの希臘びとはいちじくの汁もて乳を
凝らさむとしき

われはわがほとりにねむり霧の夜をうるほひ
ながら膨らむ岬

順光の川

穭《ひつぢ》の穂さやげるなかを風は過ぎあと半年の教職の日々

通勤の途上にふたつ跨ぎたる逆光の川また順光の川

わが唾に濡るるマスクが口もとに張りついてくる授業なかばは

生徒らがひたすら可愛らしくなりわが教職の
終り近づく

休校のあひだに読みし小説のあまたのなかの
「小フリイデマン氏」

五十歳になりたる秋に「大辻君、五十代は大変だぜ」と言ひし大島さん

大久保の駅より見ゆる細き路地にざくろ実むすぶ枝も見えたり

むしろしづけき日々といはむか岡井さんの亡きのちはやく過ぎし半年

雨傘をひらけば雨はひらかれてわれのめぐりを濡らしはじめつ

ひとの背に差しあぐねたるひとふりの傘ありき秋雨のさなかに

恣《ほしいまま》にわが身を統べしひとりありて五十代はや渺茫と過ぐ

朝に鳴くいそひよどりの澄む声もあなたが告
げてくれたるひとつ

帰雁

つかのまにあなたは曇りたりといふ美しかりし帰雁《きがん》の空も

くもり日の河口の岸を舐めながら波は嗟嘆を
洗ふことなし

きぞ乾きゐたる中洲にくれなゐの椿の花のな
がれ着くあり

八朔の実の黄金もながれつき中洲はあしたはなやぎの領

青鷺の脳髄をいまよぎりたる写象をおもふ水のひかりに

川のなかへ歩をすすめゆく鷺の白　やめてお
け、そこは深い淀みだ

みづ浅きなかに苦しむ鯉ありて脊梁といふは
常にのたうつ

歯ぎしりのやうなる声をふたつほどこの樹に
残し鶲《ひたき》は発ちぬ

雨脚の檻のむかうに幽閉をされたるごとき風
景が立つ

味爽の味は愚昧の味にして昧い夜明けならどこにでもある

富裕層とまでは言はねど旬年に歌集を二冊出す金が欲し

ラピスラズリ

枝と葉を打ちあはせつつ楽しきか楽しきなら
む樟はそよぎて

つややけき照り葉の陰に濃緑の実をひそませて榎は立てり

かへりみるときに柘榴の夏花のくれなゐは吾《あ》に一瞥されぬ

くれなゐに咲ける柘榴の一樹あり死海のほとりなどのごとくに

グラナダは柘榴の謂と知りぬれど血塗られしその紅《あけ》の粒つぶ

アルハンブラの鍵をささぐる人ありきレ・コンキスタ終焉のとき

英国型インド型などいで来たり英国インド混合型などといふも現はる

オメガ株までゆきつかばその次は星座の名まへを付すといふ声

ならいつそ宝石の名で呼ぶがよい、ルビー株またラピスラズリ株など

しのぶ会まで

いつか見た誰かのあばら骨のごと雲の繊きが
空にひろがる

スリッパを日向に干してくださいと書き置きがあり靴箱の上に

父さんか、とひくく応へし長男の肉づき厚くなりしその声

クレマチス・ペトリエイとふ花咲きぬ総身う
すみどりいろのその花

「しのぶ会」まで旬日を切りながらいまだ戒
厳を解かぬ東京

オンライン開催と決めむしろすがし来む人々
と会ふなきこども

仮想敵たり得ぬ師事といふ軛《くびき》そを厭ひしとい
ふにあらねど

これの世をはつか離れて底ごもるこゑの深みのなかに歌ひき

先生は或る日わが父、襟巻の薄きを椅子のひだりに置いて

麦の茎と茎のあはひに影が棲むあかるく澄みて揺らぎゐる影

あらあらと朴の落葉を踏みてゆく歌に朽ちなむ一生《ひとよ》見えきて

鳴き絞る天《あま》つひばりの声の下すべてを捨てて
立ち尽くしたし

せせらぎが耳たぶに触るところまで岸の傾《なだ》り
をくだり来にけり

ひと厭ふこころにあゆむ川の辺は楢のこずゑ
の夕しづむ音

濁り沼《ぬ》を抱きしひとと思ひたりけさ遺歌集の
フォントを決めて

四照花の花の尖りのさびしくてしかも雨さへ
降りはじめたり

不肖

嚮導をせよとぞ言へり梅雨ふかく爛けたる昼
のものの影より

モナリザの背後に石の橋梁を渡せる川のありてさびしゐ

耳朶ふたつみづみづしくてジャン・ジャコモ・カプロッティとふこの不肖の弟子

衆目を集めむとして搾ふる歌くだくだしいぶせきまでに

暫く、無視してをれば短歌から立ち去るだらうこの若者も

海跡湖

ボンネットの上に木の実の落つる音なにかし
らして森のなかゆく

葦切の喉《のみど》を絞るこゑはして海跡湖逆光に照り映ゆ

ゆるやかに汽水にもどる湖《うみ》といふかくたゆたひて青なづむ水

みづうみの沖を暗めて過ぐる雨へうべうとして遠ざかりたり

乾きたる葦の根方にからまりて腐れし魚《いを》は波にゆれをり

舞ひ澄める鳶といへどもひとつならず影ふか
めつつ空を滑らふ

薄桃にかがよふ午後の雲さへや底ごもる影を
帯ぶといふものを

湖のひかりをかへす路のうへに南京櫨の蠟は
踏まれつ

濡れていい手帳を雨にひらきつつけぶれる
樹々の感触を書く

姫沙羅の幹をめぐりてくだる霧その肉いろの
瘤も濡らして

障子の張替

曇り日の夢のなごりは醒めにくく灯れる柿を
抱いてゐたりき

十一月の昼間ひかりは明るくて障子張りには
もつて来いの日

棉《わた》の実のほどけるしたを漆黒につやめく猫が
歩みゆきたり

ぼこ、ぼん、と拳《こぶし》に打ちて黄ばみたる障子の
紙を破りてゆきぬ

こびりつく紙に束子《たはし》を押しつけて脆くなりた
る糊を剝がせり

うつくしき蔦の紅葉を引き剝がしけさ冷えびえとしたる石垣

冷えおよびくる床の上《へ》にひらきたる紙の反射のなかに座しをり

金木犀ふたたびここに匂ひきて意外に長し今
年の秋は

ギリヤーク

翡翠《かはせみ》がこのごろ来《こ》ぬと嘆きつつあしたのこゑ
に川を言ふひと

白《しろ》槒《だも》の花の黄と実のくれなゐと朝のひかりの
なかに並びて

きつぱりと仕事を辞めて歌を書く吉川宏志と
もしきろかも

代赭いろの蔓が表紙に垂れてをりチェーホフ
『サハリン島』の上巻

ギリヤークをアイヌらが逐ひアイヌらをシャ
モたちが逐ひたりと記しぬ

時が来れば素直に死んでゆきませうとソーニャは言ひぬわたしの膝に

歌を書く手帳に雨になるまへの昼の落ち葉が挟まれてゐし

もみぢする草のあはひにふたすぢの轍は見えてとほくへ続く

双子座流星群

枯れわたる野の観望のしづけさに櫨のもみぢの朱《あけ》をまじへて

理科棟の背後に冬の日が落ちて内部が燃えて
ゐるやうな窓

むかうから来るのは迦楼羅、とがりたる嘴様《やう》
のマスクをつけて

冬の間に徒長枝《ばつえ》を打つておくといふ学校技能
員の羽根さん

ひとふりの鉈をふるひてはしはしと姫沙羅の
枝を打ちおとしゆく

農場の向かうは明野《あけの》駐屯地　迷彩色のヘリが
飛び立つ

銃身のかがやく顎《あぎと》あげながらさむざむとせる
空を降り来ぬ

おしがるる芝生のうへにAH−1Sコブラの細身が坐る

対戦車ヘリには枯れた野が似あふ亜麻色にひかる草が靡いて

駐屯の屯はたむろの謂にして屯をしたるものらは寒し

御歳暮のレディーゴディバを歓喜《くわんぎ》してしてしろがねいろの箱をひらきぬ

ゴディバ来てよろこんでたらロイズ来て福砂屋が来て欣喜雀躍のひと

ジャンパーをふたつ重ねて見てをりぬ双子座流星群の星々

夜の闇をよぎれる星が曳くひかり細きありま
た太く緩やかなるあり

加速度を帯びつつ耳にくだりたる涙のごとし
星の落つるは

値《あたひ》二千五百円にてあがなひし鷗外選集全二十一巻

儒といへる者の滅びのあきらけく『北条霞亭』読み進めゆく

あるいは文語短歌のごときか蘭学に逐はれて
儒者の滅びゆけるは

一介の卑しき儒者を細叙して憔悴しゆく鷗外
あはれ

これの世の冬の至《きはみ》を濡らす雨その蕭条のこゑ
を聞きをり

雨の降る夜明け前より読みはじめ夜明けのを
はるころに読み終ふ

ぽつねんと独り死にたる人あまた過ぎゆきし
此のふたとせがほどに

けふの午後ゆかねばならぬ場所ありてその場
所がわが朝を占めたり

馬の腹

半世紀まへの冷たき咳を聞くホールにひびく
残響として

長々しき帝政ロシアの小説を読みなづみ読みなづみ読みゆく

泥のなかに倒れてゐたる馬の腹ひろびろとして横たはりをり

モスクヴァを炎に焼きて全軍をしりぞかしめ
むとしたるミハイル・クトゥーゾフ

橋を焼き退くごときさびしさは若き日の吾に
ありにけむもの

仏蘭西がドニエプル川を渡河したるところに
てあが眠りたるらし

キエフ　二〇二二・二・二四

おもおもとサイレンの音が響きたりキエフの
青き夜明けの時に

青き夜がいまだなづさひゐるごとき独立広場
を映すテレヴィは

雪雲のひえびえとして寒かりき湾岸戦争始ま
りし日も

雪と泥になかば沈みしキャタピラが南を指して征《ゆ》くと聞くのみ

冬枝の影立つむかうくれなゐに街を焼きゐる炎ゆれをり

銃身をななめに抱いて燃えあがる炎の前に影となる人

逃げながら撮りたるらしく縦ゆれの手ぶれ激しき炎の動画

罵倒する市民のまへにうなだれていまだうら
若きロシア兵あり

市街戦に移らむとすといへるあり既にしてし
かありといへるあり

アフガンもしかれチェチェンもしかありけむ
侵攻はかく速やかにして

ソビエトがアフガンに攻め入りしころ寂しき
恋をわれはしてゐき

ひそやかに浸潤をする西欧に怯えて立ちしプーチンあはれ

それぞれに大帝の名を享け継ぎてウラジーミル・プーチン、ウォロディミル・ゼレンスキー

われわれとともに闘ふ国はない、ゼレンスキーが語る絶望

濃緑の襟ぐり浅きTシャツを着て孤独なるたたかひを告ぐ

「武力による現状の変更」といふ　現状を画せしものを問へることなく

冷ややかに言はば別離を拒みたる暴夫が妻をいたぶるごとし

戦争が始まるや否やたちまちに歌あふれくる
われを怪しむ

ugly next weeks

葈耳《をなもみ》の枯れて絡みてゐる彼方もう戦争ははじまつてゐた

殺戮をせむためにまづ開かるる人道の回廊と
いふ廊

いづくゆか声は届きてあしたから「ひどい数
週間」が始まる

日没のあとの冬木の濃き影へ追撃をする兵が
散りゆく

市街戦はじまる朝を待たむのみ首都はキーウ
と呼び換へられて

をみならが手づから作る火焔瓶火《ほ》口《くち》の布がしづかに垂れて

火焔瓶にて闘ふといふ、火焔瓶はつね敗れむとする者の武器

焼け焦げし木切れを布に結びたる十字架は立
つ瓦礫のうへに

小国の健闘といふ、換へがたき個のかなしみ
と苦を捨象して

いつそいさぎよく敗れよ、やがて来む隷属の
日を嚙みしめながら

後記

この歌集は私の十冊目の歌集です。二〇一五年一月から二〇二二年三月までに作った歌のなかから長歌を含む四百十四首を選びました。二〇一九年四月までに作った歌を「Ⅰ」に、それ以降の歌を「Ⅱ」に収めています。私の年齢で言えば、五十四歳から六十一歳の時期に当たります。二〇二一年の一年間は前歌集『樟の窓』と制作時期が重なっています。

高校の教育現場は年々忙しくなり、五十代後半の日々は慌ただしく過ぎてゆきました。二〇二〇年には新型コロナウイルスの感染拡大がはじまり、師である岡井隆氏が亡くなりました。翌年三月の定年退職の日を私は混乱のなかで迎えたような気がします。退職後は、再任用教諭として週の半分ほど学校に勤めています。

出版を促してくださった田村雅之さんに心から感謝いたします。倉本修さんの手による装丁も楽しみにしています。

二〇二四年三月一日

大辻隆弘

大辻隆弘（おおつじ・たかひろ）

1960年三重県生。龍谷大学大学院文学研究科（哲学）修了。1986年未来短歌会入会、岡井隆に師事。
現在、歌誌「未来」編集発行人・選者、未来短歌会理事長。現代歌人集会理事。現代歌人協会・日本文藝家協会会員。宮中歌会始選者。

歌集（選集・再版を除く）
『水廊』（砂子屋書房1989年）
『ルーノ』（砂子屋書房1993年）
『抱擁韻』（砂子屋書房1998年・第24回現代歌人集会賞）
『デプス』（砂子屋書房2002年・第８回寺山修司短歌賞）
『夏空彦』（砂子屋書房2007年）
『兄国』（短歌新聞社2007年）
『汀暮抄』（砂子屋書房2012年）
『景徳鎮』（砂子屋書房2017年・第29回斎藤茂吉短歌文学賞）
『樟の窓』（ふらんす堂2022年・第15回小野市詩歌文学賞）

歌書（再版を除く）
『子規への溯行』（砂子屋書房1996年）
『岡井隆と初期未来――若き歌人たちの肖像』（六花書林2007年）
『時の基底』（六花書林2008年）
『対峙と対話』（青磁社2009年・吉川宏志氏との共著）
『アララギの脊梁』（青磁社2010年・第12回島木赤彦文学賞・第８回日本歌人クラブ評論賞）
『近代短歌の範型』（六花書林2015年・第３回佐藤佐太郎短歌賞）
『子規から相良宏まで』（青磁社2017年）
『佐藤佐太郎』（笠間書院2018年・コレクション日本歌人選71）
『岡井隆の百首』（ふらんす堂2023年）

橡と石垣　つるばみといしがき　大辻隆弘歌集

二〇二四年四月一四日初版発行

著　者　大辻隆弘
　　　　松阪市稲木町一一六三―三（〒五一五―〇二一二）

発行者　田村雅之

発行所　砂子屋書房
　　　　東京都千代田区内神田三―四―七（〒一〇一―〇〇四七）
　　　　電話　〇三―三二五六―四七〇八　振替　〇〇一三〇―二―九七六三一
　　　　URL　http://www.sunagoya.com

組　版　はあどわあく

印　刷　長野印刷商工株式会社

製　本　渋谷文泉閣